U0040234

烏龍院活寶

Q版 四格漫畫

第6卷

作者——敖幼祥

烏龍院活寶人物介紹

長眉大師父

烏龍院大師父，面惡心善，不但武功蓋世，內力深厚，而且還直覺奇準喔！

大頭胖師父

菩薩臉孔的大頭胖師父，笑口常開，足智多謀。

大師兄阿亮

原先是烏龍院唯一的徒弟，在小師弟被收養後，升格為大師兄。有一身好體力，平常愚魯，但緊急時刻特別靈光。

烏龍小師弟

長相可愛、鬼靈精怪的小師弟，遇事都能冷靜對應，很受女孩子喜愛。

小西瓜

「一點綠」客棧的服務生，平常追隨辣婆婆，但心地善良的她，也會與辣婆婆持相反意見

四川辣王

本名「歐陽擔擔」，嗜吞辣椒的大胖子，也是嘗遍天下百辣的專家。

阿咪師

料理界人稱一把菜刀刨平天下的刀功高手，能將食材雕刻成一條栩栩如生的龍。

五朵花

「一點綠」客棧的服務生，分別是「小西瓜」、「小蘋果」、「小草莓」、「小紅柿」、「小葡萄」。

活寶

長生不老藥的藥引——千年人參所修煉而成的人參精。人參精的靈魂被烏龍院小師弟救出，活寶「右」附身在苦菊堂艾飛身上。

張書生

被活寶「左」附身，因身患肺疾，反而連累「左」，最後受制於「左」而成為一個酒鬼。

目錄

第41話
張總管接招

亮

烏龍院
活寶

四個雞蛋該怎麼做才好呢？
這麼普通的食材根本做不出美味的料理。
炒蛋
煎蛋
蒸蛋
炸蛋
如果我連蛋都做不出來，豈不成了笨蛋啦！

我想到啦！哈哈 !!
SHINE
SHINE
刺眼~!!

大師兄是利用沙子的溫度煮蛋！太有創意了 !!

孵出小雞雞啦 !!
溫度剛剛好呀!!
吱
吱
吱

大師兄想把雞蛋
放入炙熱的沙子
裡加熱 !!

HOT
HOT
HOT
插進去了 !!
沙子會迅速
將雞蛋燒熟 !!

成功
了嗎—— ??
大師兄那讓人
充滿遐想的表情
是什麼意思？

手先燒熟啦——
HOT
HOT
HOT

烏龍院
活寶

好想吃吃充滿沙漠
風情的菜式呀！

曾經的美女，
嘗嘗我做的吧！

這是……?!
又變回
原型了

正宗的沙漠
風情哦！
裡面全是沙子!!

這個金字塔
就是你做的？
好說啦！
裡面還有
神祕禮物。

有神祕感，
我喜歡!!
去去去，
自鳴得意。

?!
快試試看吧!!

哇！法老王限定版
的扭蛋呢!!
咦?!我正好
差這款呢!!

烏龍院
活寶

你被淘汰
出局了！
我不服 !!
我要上訴 !!

還我公道!!!
吃一記
蛋黃必殺吧 !!

小小蛋黃休想擋我!!

笨蛋，那是
蛋型手榴彈。
BOOM!

只要有創意，
小人物也能
成為大廚!!!

辣婆婆說得
十分有道理，
廚神
其實我十分
明白這是在
暗示著本人。

快看！小人物
真的變大廚了!!

嗚嘰——
嗚嘰——
有前途！

烏龍院
活寶

張總管，準備
下一個比賽！
是！
辣婆婆。

這個環節的
主題是
「一葉知秋」，
猜對盆內食材的
人就是優勝者。

這……不就只是
普通海苔嗎……？

喂！剛才有看到
我的假眉毛嗎？
噗！
辣！
鮮
鬼！

第二關是
猜菜式，
不知道大師兄
能不能猜中呀……
……

大師兄不是
每次考試都
猜不對題嘛？!
彩券也壓根
沒中過。
有這種徒弟
真丟臉。

如果真的是這樣，
就實在太好了!!
什麼
狀況……

大師兄輸，
全部押上了!!
小狠婆！
下注

烏龍院
活寶

怎麼可能從
一塊小辣椒，
猜整個菜式呀。

搞這麼麻煩幹嘛？
直接抓來拷問吧!!

趕快把菜式
名給招了!!
刀子可
不長眼
的哦!!

怎樣！別以為
紅著臉不吭聲，
我就會放過你！
小心我
把你剁了！
炒牛肉！
拜託！是叫你
拷問出題者，
不是辣椒!!

?
人手一份，
品嘗小菜後猜出菜名。
……
!

亮哥哥認真的樣子
太迷人了！
嗯！
就是它！

這種
味道……
SHINE
SHINE
絕對
不會錯的 !!
熟悉的
味道。
帥呆啦！

剛才上茅廁忘記
洗手了—— !!!

烏龍院
活寶

嘗出感覺
了嗎？
嗨！

用舌尖輕輕地
吻它——
舔
舔
舔

這種美味的感覺
前所未有，
簡直置身夢境
一般的美妙口感！
吮
吮
吮
吮
吮
吮
吮
吮
媽呀！
手都被你吮沒啦！
哇咧 !!!
你的手是麵皮
做的嗎？

我來教你如何
品嘗食物吧！
好呀── !!

不許搶我男人 !!
PA!

不是我唬妳，
本小姐已經是
他的人了！
貼了標籤還是
什麼的 ??
妳說他是
妳的男人 ??

喂！妳沒證據可不要
胡編，亂造謠哦。

烏龍院
活寶

答題時間還剩下
最後三秒鐘。
!!!

停！時間到！
收回答案卷！

不用費勁了，
時間已過，
你已經輸了！

特准再給你半個
小時時間。
我在畫您的
英姿呢！

時間到！
請各位亮出答案！

辣子鸡
铁板鸡腿
麻辣鸡翅
宫爆鸡丁
三杯鸡柳

哦呵呵，
張總管揭開
謎底吧！

不要
唬爛啦！
谜底

烏龍院
活寶

猜猜看
這是什麼？
快寫出答案！

布丁豆腐！
蒸蛋豆腐！

麻辣豆腐!!
我猜是
紅油豆腐!!
红油豆腐
麻辣鸡翅
麻辣豆腐

正確答案是
「一粒小黃豆」。

我的鼻子比狗還靈！
裡面裝的肯定是雞肉！
！

竟然是隻鴨子！

可是……
可是……
你不是說鼻子
很靈的，
聞到是雞嗎？
我被你
害慘啦！
我明明聞到
雞味……

你猜對一半，
他的女友是隻雞！
叫你別亂跑，
死得好慘吶！

烏龍院
活寶

請看清楚蓋子裡是什麼？
是豆腐！
答案太簡單了！

謎底揭曉！
蓋子裡是一隻悶雞！
HA HA HA HA
被耍啦！

還是小光頭定力好呀。
上帝呀，救救我……
麻辣豆腐
红油豆腐
三杯鸡柳

只是豆腐的「腐」不會寫，
HO HO
所以沒改啦！
BOM
BOM

你們倆被淘汰了!!

還有妳們
兩個女的！

其他都被
淘汰了!!
冠軍就
是我啦!

沒人跟你比，
大賽取消了。
散場吧。

烏龍院
活寶

辣廚大賽連過兩關，
把我累得夠嗆！

別太得意！你只是
運氣好而已。
什……
什麼?!

等著瞧！
我要用真功夫……

啊！
真功夫快餐！
送外賣!!
呀嗒
喔……

第41話
張總管接招

你們兩個有時間瞎吵鬧！
不如用這些時間去動動腦！

師父說得對！唉聲嘆氣不如碰碰運氣！
就讓我來動動腦！

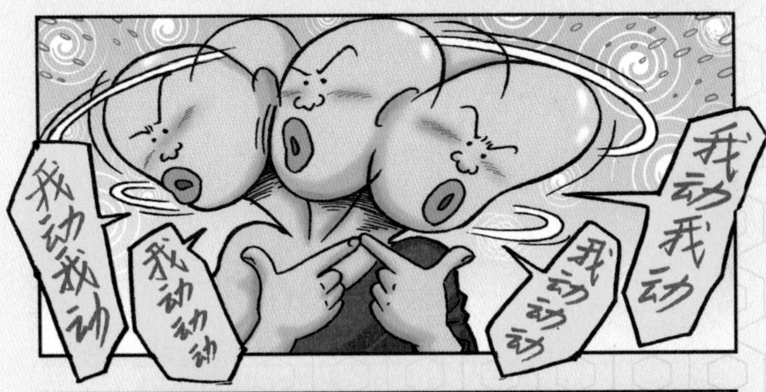
我动我动
我动动动
我动动动
我动我动

甩出來啦!!
動腦
動腦
動腦

烏龍院
活寶

食材取得困難，你將
面臨嚴峻的考驗。

越是逆境越敢突破！
這就是烏龍院的風格！
是的！
弟子已經
頓悟啦!!

大師兄露出充滿
自信的眼神！
你是想出
新食材了嗎？
是的。

「烏龍雙師煲湯」！
瘦
肥

小師弟，
拜託幫個忙嘛！
這種事你去
找師父吧！

大師父……
哈哈……
拜託幫我
一下啦！
作孽。
嘰

你們也太
不通人情啦！
有什麼事，
胖師父來幫你 !!
感恩。

我這滷肉飯就
差一點肉啦！
EKKKK
TW

烏龍院
活寶

你們根本不關心
我的死活!!

你們真的
不關心他嗎？
見死不救，
太殘忍了吧！

大師兄和我
情同手足！
危難當頭，
我絕對不能
拋棄他！

最起碼挖個坑
讓他有埋骨之地。
大师兄之

第42話

舌尖辣椒戰

烏龍院
活寶

……!!!
噓！
噓！

師父們也來
偷菜嗎……？
長眉你偷到
什麼了？
要你們管！

原來師父們還是
很關心大師兄的……

嗯！辣婆婆做的
泡菜真好吃！
嘖
好懷念，
有媽媽的味道！
EAT
EAT
EAT

我得幫大師兄
偷點菜！

守衛都睡著了，
標語都是
說空話的吧！
严密把守
储藏重地

繼續睡吧——
多謝你的
大蘿蔔囉！
严密把守
储藏重地

假人？!
哈哈！
上當了吧！
BOR

烏龍院
活寶

哇——胖師父
也來偷菜?!
噓——
別聲張。

大……
大師父……
噓——
別聲張。

是警衛!!
死定啦!
!!
被發
現了!

噓——
小聲點啦!
偷東西還
這麼大聲。
DON
DON

……
驚動警衛了……
怎麼辦？

長眉，把馬鈴薯扔到
後面引開他注意！
好主意。

直截了當吧。
狠！

烏龍院
活寶

糟了！被發現了 !!

只是偷了菜而已，犯得著這麼誇張嗎 ?!
SO
SO

但我偷了他們的豬呀。
也不至於要砍人吧 !!
SO
SO

YEAH!
不過長眉卻偷了人家養豬的婦人……
噗!!
SO
SO

只有他躲
在辣椒櫃。
你們……
誰帶了辣椒……
害我過敏……
掏
掏

太誇張
了吧！
快點拿開！！
受不了了！！
我剛才確實
撿到一些丸子。

怎麼看都是
巧克力而已。
真是大驚小怪！

太誇張啦！

烏龍院
活寶

「辣廚」決賽，
現在開始 !!

冰凍大閘蟹 !!
哇！在沙漠的
高溫下竟能保持
冰塊不融化 !!

因為這是用千年
寒冰封住的 !!
厲……
厲害 !!

但是解凍也得花
千年時間。
吹！
吹！
吹！

我參賽的菜式是
香辣蟹!!

你那包裹裡面的
難道是……
沒錯！
就是我的食材
冰凍蟹!!

嗯哦！
突然好想
吃螃蟹！
還沒做就讓辣
婆婆有食慾了
……有兩下子！

最近
金融海嘯，
海鮮也漲價，
還是用地瓜雕
一隻代替算了！

烏龍院
活寶

我的食材中最重要的就是這個！
突梭椒 !!!

這已絕種了千年的椒類……你是怎麼得到的？
辣！
恐龍噴火？

在一座古墓的屍體旁找到的……
!
古墓？屍體旁會有辣椒？

因為那人是吃這種辣椒而辣死的 !!

我採用的食材
有「突梭椒」!!
火辣！

這可是千年前
絕種的椒類呀！
居然有這麼名貴
的食材 !!
不行！不可以在
老闆娘面前亂分寸！
不然被說沒見識 !!

呵呵，不就是冰凍
蟹和千年椒嘛！

真是沒常識！
見到這麼名貴的
材料都若無其事！
哇！好厉害
太神奇了！
真的是千年
古椒耶！！

烏龍院
活寶

四 X 隊登場 !!
材料好巨大！
會是什麼呢？

這是我們的
廚師！
沙克 ‧ 陽 !!

哼！這種登場還
真夠有噱頭呢！
帥哥耶！

烏龍院陳年老火腿
才正點。
好丟
臉…

沒想到他們的廚師竟是沙克・陽。
你認識那個傢伙？

在青春池有見過一面！化成灰也認得他！

不錯嘛！天資聰穎，過目不忘。

因為他曾經搶走了艾飛……
小師弟真的在戀愛呢！
看不出來他有戀童癖呢……
吼吼喳喳
吼吼喳喳
八卦八卦
還記得我嗎？帥哥！

烏龍院
活寶

那傢伙是
什麼來頭？

他是煉丹師的後代！！

他看上去很強
的樣子！
那我們怎麼辦？

我們也可以
「看上去」很強！
EEEEEEK！！

故弄玄虛個屁呀?!
快報上材料!!

也就是隨便摘到了
一些野菜而已。
?

!
就憑你這些破草
爛菜，也好意思
參加「金牌辣廚」??

我可是在你的
菜園裡摘的哦！

下一組！
烏龍院登場 !!
人呢？
?

可以再等等嗎？
我們的主將還沒來。
再不來就當棄權！沒什麼好說的。
滴嗒
滴嗒

師父們！
我把材料找回來了 !!
GOOD
SLUM

不過，師父們得先幫我付款……
可以分期付款喔。

為了慶祝我把材料帶回來，我決定獻唱一首歌。
!!!

我的熱情
好像一把火!!!
嘿！

說你唱歌難聽，你不信！
看吧！被觀眾扔垃圾了!!
好了，好了，以後不唱就好了！

我要唱首歌，撫慰一下自己的心靈。
太傷心了……

開工!!
好濃的辣味。
從隔壁
傳來的!!

突梭椒不愧是辣椒中
的「喜馬拉雅」。
受不了了……

我這才是正宗的喜馬
拉雅聖誕菜!
!!!

是我的雞屁股
變裝秀啦!

化

失敬！
失敬！
江小姐內功
不凡！解冰
於瞬間。
CO
DO.

不瞞你說，本院
也有一絕學叫作
「瞬凍神功」！
哦？那倒還真
要見識一下囉！
!
?

阿亮！
背誦唐詩
三百首!!
冷！

烏龍院
活寶

千錘百鍊!!
烏龍蹦蹦丸！

危險動作，切勿模仿。
糟了!!竟然忘了最重要的辣椒油！
弟子有辱使命！只得自行了斷了!!

是辣椒油嗎？
為師早已替你準備好了！

此毒藥無色無味，比自刎方便快捷！
BOOOOOM

雙龍螺旋轉 !!

肥龍甩尾 !!

彈性測試！

第一輪胖師父
以右旋球猛烈
進攻 !!
戰況十分激烈！
對大師父造成了
一定的威脅 !!

烏龍院
活寶

ZA ZA ZA
哇！那些肉丸似乎很好吃的樣子!!

切——
嚼 嚼
一群怪人做的東西，有什麼好吃的。

媽呀！有怪人……
?

鬼呀!!
娘呀!!
不知不覺把手給吃了!!

烏龍蹦蹦丸新鮮出爐！
BEW
BEW
BEW

讓我嘗嘗。
很辣喔。
小心被辣到上西天。
BEW
BEW
BEW
BEW

整……整蛊灌 ?!

以後幹再多壞事也不怕被打下地獄了！
辣！
辣！
辣！

烏龍院
活寶

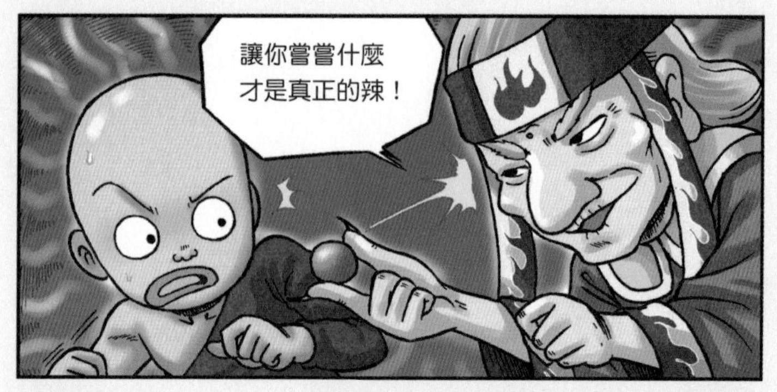
讓你嚐嚐什麼
才是真正的辣！

不能吃！
那玩意很厲害!!
滋—

怕啥！我的食道
是鋼管做的。
嚼
嚼
嚼

辣融啦！只剩下
鋼管食道！
辣～

…
第43話
無心催命麵

烏龍院
活寶

充滿自信的青春
超女完成作品了!!

這道佳餚是
專門獻給
婆婆您的。

好羨慕呀，
能吃到這麼香
的大閘蟹——

我怕婆婆
牙不好，
所以大閘蟹都是
地瓜做的。
BUUUUUP!

第43話
無心催命麵

為什麼……
堅硬的蟹殼竟
脆得像麵皮!!!
格勒
格勒
格勒

可惜了一鍋
好蟹不能吃了!
裂
裂
裂

無法接受,
我無法接受
這個事實!!

我應該聽媽媽的話啦!
把整袋防腐劑
都放進去!
哇哇哇哇
哇哇哇
嘩啦
嘩啦
嘩啦
腐
500g

烏龍院
活寶

最後一隊的
料理好了嗎？
捏

報告婆婆，他們
正圍成一圈一直
開會呢——

喂！你們好了
沒有啊？

不玩啦！花家連
莊九次！輸爆了!!
!!!!!

甩甩
甩
這是沙漠的
「哈葛特」。

它外表粗糙，
內層澱粉卻
飽和細嫩。
旋 旋

外表粗糙，內在
細膩，還有什麼比
這個更適合我嗎？!

這個純天然
的植物面膜
不錯吧？
嗯，
挺涼快的。

烏龍院
活寶

這道菜原材料是「哈特葛」、「葵地暮」和「檳榔汁」!!
可是三種材料都與「辣」無關呀?!

這就是神奇「三合一煉丹術」!
經過我的絕妙結合後,已經發生質變了!

難道他可以利用三種材料植物間的分子激素碰撞,產生辣元素?!

哪有你說的這麼複雜,
超市買一罐辣椒醬攪拌在一起就行啦!

真正的辣是
虛無的、無相的!!
刺激的是心臟，
而不是單純的口腔。

駁倒了裁判！
冠軍非我莫屬啦！

瞧瞧我真正
的實力吧!!
這有啥
了不起的?!

冠……軍……
是你……了……
擊敗裁判
事半功倍呀。

烏龍院
活寶

好一個真正辣無相，這個料理叫什麼名字？

無心

無……
無心 ?!
怎麼樣 ?! 只是名字便足以讓你膽寒了吧！哈哈哈哈！

……
這輩子最恨你們這些沒良心的小白臉 !!
泪奔～

就讓我嘗嘗你的「無心」吧！

好口渴，
給我倒碗水來！
是的。

抖！抖！抖！
抖！抖！抖！抖！
可惡!! 難道被他發現了我設下的祕密機關??
右眉狂抖！那杯水不能喝！

呃！
噗！
水壺裡有隻蟑螂!!
厲害吧！
PA！

烏龍院
活寶

呃啊呃呃
啊呃呃！

HON
HON
嘿嘿！「無心」的
辣會讓妳毀滅!!!

燃燒吧！冠軍屬於
我沙克．陽的啦!!
HAHAHAHAHAHAHA

好久沒有
慾火焚身了！
嗯呀！
噗滋——

讓烏龍院來救她 !!

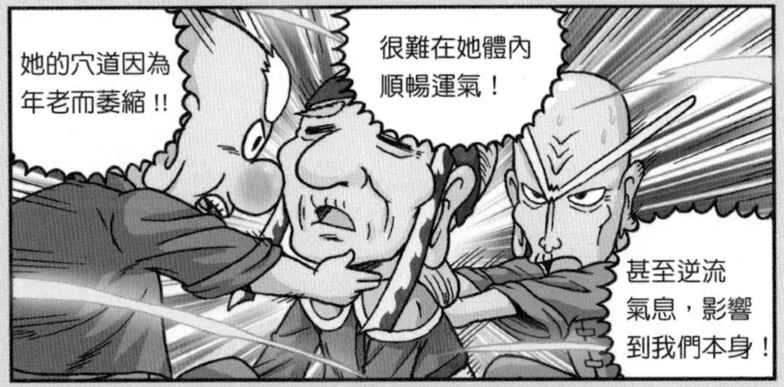
她的穴道因為年老而萎縮 !!
很難在她體內順暢運氣！
甚至逆流氣息，影響到我們本身！

!
?
哇~哇~哇~

烏龍院
活寶

救人的關鍵時刻，
讓我阿亮來完成吧！

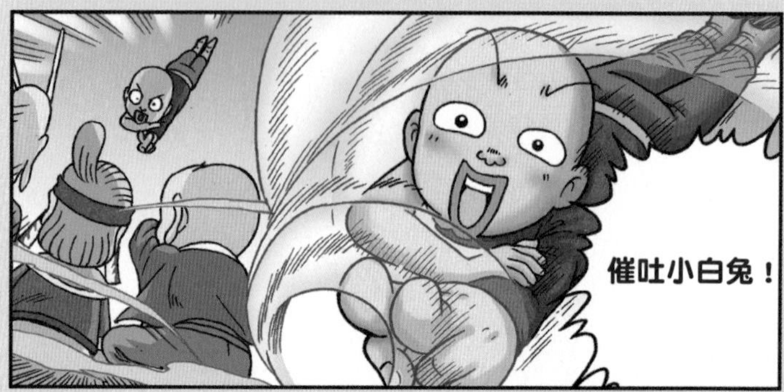
催吐小白兔！

!!!!!!

蛤蟆精？!
救命……

臭男生 !!
每次都自以為是 !!

什麼？
妳說誰是
臭男生 ?!

就說你！
沙克．陽 !!
嘿嘿。
你可跟我
沒得比呀 !!
臭男生！
臭男生！

要論臭，我也
不輸給你哦！

嗖－
別做讓自己
後悔的事情哦！

少爺！別怕他，
放膽去打！

怎麼樣？
打還是不打？
切！
急什麼……

自摸十三翻
對對胡……
這爛牌讓人怎麼打呀？

辣婆婆有請
沙克・陽、阿亮
進房說話。

頒獎了!!
冠軍一定是我！

你們兩個都是冠軍！
不可能!!!

獎品是雙人
自行車。

烏龍院
活寶

冠軍除了贏得獎金，
還能實現你們一個願望。

你的願望我用金子買下來了!!

可是……那個……不太好吧……
你願不願意都得同意!!沒有選擇!!

金子孝敬師父!!
竟然有人主動給錢，還幫我罰抄！
試卷

告訴我你們的
願望吧。

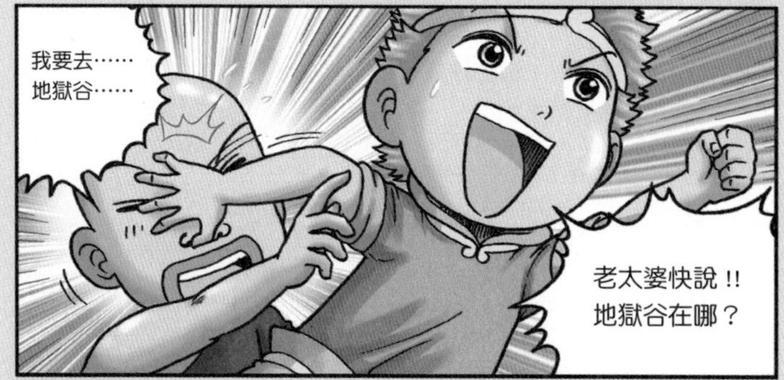
我要去……
地獄谷……
老太婆快說!!
地獄谷在哪？

難道妳要
反悔??
什麼？
這可……不好
辦了呀……

鬼阿嬤！
門票只夠
你們其中
一個了。
最近死的人
比較多，

烏龍院
活寶

到緊要關頭就
打開這個錦囊!!
!!

啦啦啦！有了錦囊，
什麼都不怕！

地獄谷大門牢不可
破！快打開錦囊!!

是止痛藥丸……
请用頭
撞

地獄谷在東方，
這個指南針會為
你們指路！

太好了，有了這個
就方便多了 !!
什麼都給他，
不公平 !!

我們……
回來了……
咦？才用了
一格就從地獄
谷回來啦 ??

實在不會用
指南針呀……
辣婆婆能直接給
我們指東針嗎？
豬頭呀 !!!

烏龍院
活寶

少爺！拿了多少獎金?!

令人頭痛的結果呀！

死老太婆竟然不認帳!!!

是獎金太多，不知如何搬運呀。

辣婆婆給了我一個
神祕的錦囊 !!

快打開來
看看呀 !!
NO，NO，NO，
非關鍵時候不
能夠打開哦！

哇！大師兄變得
好有原則呢！
師父們
不要為難
我嘛……

燒——地——瓜——
混蛋！錦囊裡
怎麼沒有錢 ?!
沙漠风味
PA
TA

烏龍院
活寶

這把鑰匙你拿著，
會派上用場的。

金子做的鑰匙呀……
一定非常值錢 !!

這塊祖傳金鑰匙，
比烏龍院更值錢呢！
沒見過世面，
俗氣了吧？

當
開什麼玩笑！包金紙
的巧克力拿來當，
最多換兩包泡麵了 !!
HA HA HA HA
HA HA
HA HA

各位，我就要出發去地獄谷了!!

各位要好好保重!!
我會盡力不讓大家失去我的……!!

大家別這樣，我真的很不捨得走呀……
嗚嗚嗚嗚嗚
嗚嗚嗚
嗚嗚

快滾蛋啦！別擋著大家看瓊瑤電視劇！
我爱那个爱着我的你，你也爱那个爱着你的我吗？请告诉我
我爱你你爱我吗？
PON

Me and Dog
I ♥ DOG

第44話
開啟黃金盔

烏龍院
活寶

又熱又累
又渴，我快
不行啦……

!!
當然是
睡午覺啦！
哇咧！
你在幹
什麼啦！

你瘋啦 ?! 這麼
劇烈的太陽，
會把人晒成肉
乾的 !!
Z

晒乾了
好輕鬆 !!
我也要
晒乾啦 !!
沙
沙
沙
呼

無邊的大漠，
完全失去方向了。
HOT
HOT
HOT
HOT

辣婆婆說過，朝日出的
方向就能找到地獄谷！

我們朝著太陽做
最後衝刺吧 !!
RUN!

這個惡作劇
太壞啦 !!
PuSA
PuSA

烏龍院
活寶

烏龍大師兄，
把錦囊藏在
什麼地方？

喂！你幹嘛翻
我的包包！
我在找吃的啦！
翻
翻
翻

嗯！
滿香的！
喔！
有一個餡餅！
OH

那是被我屁股
坐扁的肉包子。
咳咳！
不好意思啦！
PUFF
嘔
嘔
嘔

和你同行真是受氣！
咱們分道揚鑣吧！

糟啦！
陷入流沙了!!

別慌！
我已經
抓住你了!!

假髮！
哈哈！
哈
假髮！
討厭！
不准笑！

烏龍院
活寶

挺住！
我來救你 !!
哇！快陷進去啦 !!

喝呀 !!

呼
呼
終於……
救出來了……

只把頭救了
出來嗎 ?!

黃金盔甲?!

沒想到誤打誤撞，
讓我找到
地獄谷了!!

但是，這個地獄谷
的入口在哪裡呢？
或者說根本
就不是入口?!
難道……?!

過來幫忙抬呀！
賣了換錢!!

烏龍院活寶

看不到入口呀！

快把辣婆婆給
的錦囊打開！

錦囊裡
寫了什麼？

尿尿的時候把
紙給弄濕了……
上面的字
已經糊了。

這些就是辣婆婆給的錦囊裡的東西？
都是紅色的小辣椒。

這些紅色的錐形石說不定是進入地獄谷的關鍵呢！

將他們全插到小孔裡面吧!!
SOK
SOK
SOK

BOOO
OOOM!!

烏龍院
活寶

這些紅色的錐石，
跟黃金盔甲上面的
小孔一定有關連。

讓我插進去
試試 !!!
小心！
別亂動！

插進去啦 !!
完全沒問題！
一點事也沒有！
DOC !

我有事

用石錐排出正確的
密碼，就能打開
入口啦！原來如此 !!
原來
如此 !!

謎底會是
什麼呢 ?!
KON

再聯想火將軍
的目的 !!
答案就是
「天子」!!

「天子」兩個
字怎麼寫？

烏龍院
活寶

這次要集中精力
解開密碼 !!!
好！
來吧 !!

缺一
不可 !!!
兩人
合力 !!

成功啦！
地獄谷開了！

第二關，
請買票。
50元

門終於開了!!
這就是地獄谷的入口??

裡面黑得恐怖！
進去肯定死翹翹!!

找到了!! 就是那個！

要發大財啦!!!
淘金路

烏龍院
活寶

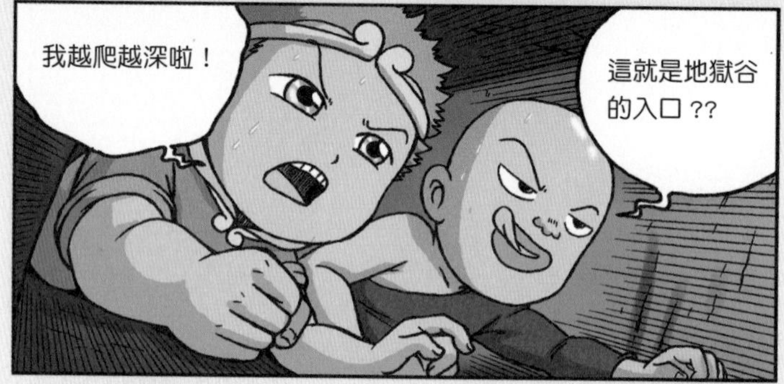
這就是地獄谷的入口??
我越爬越深啦！

這……這裡就是??

地球的另一端呀。
哈囉。
MY GOD
WHAT'S THAT？
AMERICAN

下面全都是
秦兵屍體!!

好像……
還有呼吸!!
不……不要
嚇人呀……

鬼呀!救命!!

哪來的野小子?!
妨礙我們拍片!!
真是的.
!!!

烏龍院
活寶

這就是困守荒漠的火將軍?!
究竟發生什麼事了?

看樣子死得很慘啊。

身為將軍，死得太沒尊嚴了。
你要幹嘛??
我們為他打點一下吧。

麥可傑克遜!!

火將軍面前有
一盤棋局呢！
詭異……

這盤棋一定
暗藏玄機 !!

我終於明白啦 !!

下棋老輸給手下，
羞愧自盡吧——

烏龍院
活寶

WOOM
奉鼎示
WOOM

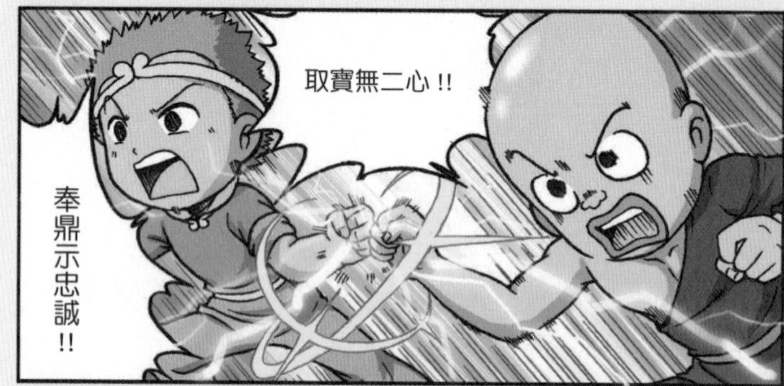
取寶無二心 !!
奉鼎示忠誠 !!

喏呀啊

怎麼又是
我遭罪 ?!
BOOOOOOOOM
?

烏龍院小子
好大的牛力！

我怎能輸給他！

舉起來啦！

KON

烏龍院
活寶

糟了！
火苗竄上頭了!!

阿亮助你
一臂之力!!

多謝幫忙……呀。
守望相助嘛！

那就再多拿
一會兒吧！
吼！
吼！
吼！

沒有火鑰匙，根本打不開寶箱呀!!

讓我來試試!!

BOK
真的打開了！你是怎麼辦到的??

在頭上刻出鑰匙呀！

烏龍院
活寶

外面的沙子
灌進來了!!

你不是有辦法
開鎖嗎??趕快
行動呀!!

你倒是
快點啦!!
沙子越來
越多了!!
馬上
就好了！
快了快了！

噗!
喂，是開鎖
公司嗎？

終於打開寶物盒了 !!

先由我保管 !!
等等！

沙克・陽 !!
你不能一個人
拿走它 !!

太強大了！
你竟然自己
拿走那顆定時
炸彈……

烏龍院
活寶

石壁上出現裂縫！
要崩塌了 !!

在流沙中只能
踩著秦兵屍體
前進了 !!
對不起，
對不起。

隆
隆
隆
隆
隆
成功逃出生天啦 !!

剛才是
你們兩個
踩我們嗎 ??

第45話

合作是活路

烏龍院
活寶

隆隆隆隆

我……雙腿被壓住了，你拿著活寶，繼續完成使命吧！

我……
我來頂著 !!!!
患難見真情 !!

我的錢包還在裡面，你幫我爬進去拿！

哇！雙腿被
壓住了!!

你……拿著……
活寶，繼續完成
……使命。
可是我……

別再
猶豫啦!!
快走吧!!
好吧！既然你
這麼堅持……

先借點錢給我
搭計程車回去。
噗!
TAXI

烏龍院
活寶

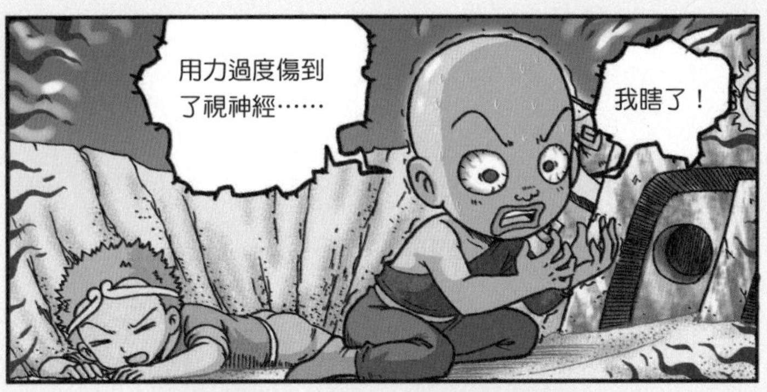
用力過度傷到
了視神經……
我瞎了！

為了活寶
而犧牲！
燦爛的青春
瞬間凍結！
美麗的人生
毀滅了!!!

已經完全沒有
生存意義了!!
挖個坑
自我了斷吧！

!
不用這麼誇張，
只是跳電了而已！
PAK!

我的腳被
壓瘸了。
我的眼睛瞎了!!

我們這樣怎麼
回去呀?!

我想到一個
好辦法!
真的嗎?

嗅覺和味覺
還是很正常的,
所以前進吧!
呼
呼
呼

烏龍院
活寶

我的眼睛交給你，
你的腿交給我！
我們合作走出
這片沙漠吧！

右邊，
再右一點，
對了，
再向左！
呼
呼

怎麼總覺得
在同一個地方
打轉呀……
呼
左
右
再左!!

呼哈，
終於踩死
那隻蠍子了。
嗖！
PAK

沙丘隨風而變，已經很難分辨方向了。
呼
呼
呼
沙克．陽，你還認得我們來時的路嗎？

搞不好，我們這一瘸一瞎的，就困死大漠了呀……

是江少右在前面!!
啥？真的？不要騙人哦！

我以為自己又瘸又瞎的，死定了呢……
太好了，沙克．陽是你們嗎？
拐！拐！拐！拐！

烏龍院
活寶

妳……
妳是水觀音!!
江少右是
水觀音??

江少右……
「江」字少了右邊
就是「水」了!!

這你都能猜得到?
不錯嘛,果然是
沙克・陽呀!!
呵呵——

妳身分證上寫
得很清楚呀!
突然
不瞎了
哇,連三圍
數字都有耶!
撿到人家的
身分證要交給
警察啦!

呃呃
呃
呃
BOLO BOLO
快說！
活寶
在哪兒?!

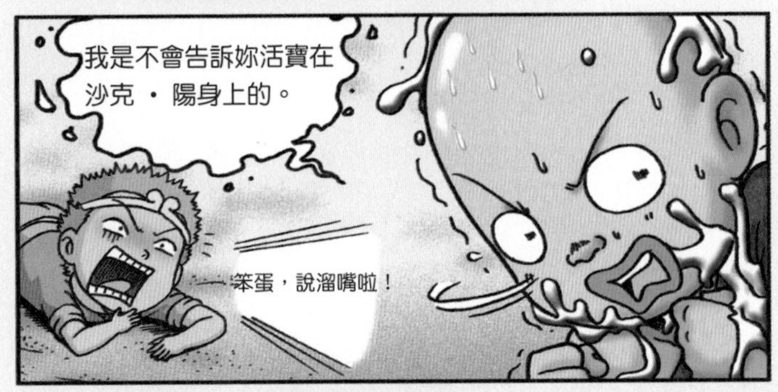
我是不會告訴妳活寶在沙克・陽身上的。
笨蛋，說溜嘴啦！

HA HA
HA
HA
人生沒什麼可怕的，
就怕交了頭豬做朋友呀！

我才沒那麼笨，
告訴妳具體活寶藏
在他右腳呢！

烏龍院
活寶

不然我就溺死
這個小光頭！
哈
哈
哈
哈
把活寶交出來！
BOLO
BOLO

這傢伙……與我非親
非故，死了也不關
我的事……

您水嫩的肌膚在這
種沙漠的烈日下，
受到的傷害……
我倒是比較擔心
江小姐您呀！
我這款沙克
高級防曬霜
最適合您！

我們沙克公司還有
送貨上門的服務。

渴死我啦！
咕～咕～
咕

呃
呃
水裡有毒，交出活寶就給你們解藥。

活寶…在這裡……
快告訴我們解藥在哪……

解藥就是活寶呀！
HO HO HO HO
噴！
噴！

烏龍院
活寶

活寶在這，拿去 !!
算你聰明。
PA!

沙克 · 陽，你瘋啦？
為什麼把活寶給了她 ?!
HA HA HA
HA HA

哼！我才沒
那麼笨呢！
給她的是假活寶，
完全沒有價值。
真的？沙克 · 陽
我真小看你了呢 !!

可惡，嗚嗚……
發生……
什麼事了 ??
收購
假活寶——
20 萬
真活寶——
20 元

水觀音到底是
什麼人物呀？
這麼厲害！

她會御水之術，
能利用隨手得來
的水去殺人！

我已經想到對付
她的辦法了!!
真的？
什麼辦法？

用強力除濕機！
好乾……
好乾……
BI
嗡
嗡
嗡

烏龍院
活寶

沒救了，我們
中了水觀音
的毒……
快從我的鞋底
取出解藥！

只有一包
解藥！
根本救不了我
們兩個呀……

捨己為人
好感動。
別管我，
你先吃吧！

不好意思，
弄錯了，
那包是我治療
香港腳用的。

活寶……
我們要保護
活寶……
你拿到之後，
要去賣錢嗎？

才不是！我的
使命是將活寶
送回咸陽煉丹!!
真的！

你是一位視金錢
如糞土的男子漢！
我一定會將你背到
目的地！

只要我完成了使命，
就會有一千了呀！
可以去馬爾地夫
旅遊、買別墅……
美女……沙灘……
POTOM!

烏龍院
活寶

呱
！
呱
鸚鵡
回來了!!

你們有在沙漠裡找
到那兩個人嗎？
沒有
沒有
沒找到？

真的徹底
看清楚了嗎？

人家確實把十里內的
天空都搜遍了！呱！
沒見到
半個人影！
沒有！
沒有！
只看天上
而已嗎？
笨鳥！

我拚死也要把
大師兄找回來！
超感動！
你們兄弟情誼
如此深厚。

!
因為他經常送
很多漫畫給我看……

這麼說我也更要拚死
把他找回來！
比我更深的
情誼嗎？

那傢伙竟然把我
借給他的漫畫給
了別人 !!

烏龍院
活寶

好多守衛！
怎麼能偷得到
駱駝？

看我的！
迷魂煙霧彈！
嗖！
嗖！
嗖！
嗖！

嘿嘿，厲害吧！
守衛全部暈倒了！

但是，
駱駝也暈倒了呀！
耶！

我們偷兩頭
駱駝離開這裡。
行！

我用吹箭把剩下的
駱駝放倒再走！
吹

沒有駱駝，
追兵也追不上
我們啦！

還有駱駝牌
吉普車呢！

有人闖出去了!!
快追!!
攔住他們!!

這外面是大漠，
他們出去也是
死路一條呀。
用不著這麼
急呀！呵呵。

總管快看
這個!!
他們這幾天的帳
單還沒結清呀!!

还钱啦
HWALA

嘎
嘎
嘎
一直有一些
奇怪的聲音
跟著我們……
嘎
嘎
嘎

是……禿鷹!!

沙克，如果
可以，請代我
向師父問好！
豁出去了！

恭迎三十三代
煉丹師傳人
沙克 · 陽嘎。
望賜本鷹族
治禿靈丹！嘎！

烏龍院
活寶

被包圍……
這下完蛋了。

救……
救命呀！
我不要，不要死在
臭鳥手裡。

不用害怕！我們是
沙漠計程運輸隊。
TAXI
我得救了！

白搭了！
把他再丟回
沙漠去吧！
他本來就是個
廢物，現在又
搞瞎了！
大師父！
太狠了吧！

嘎
嘎
嘎
禿鷹在天上
圍著我們盤旋 !!

大爺我
還沒死 !!
別想著啄
我們的肉！

不怕！人類壽命絕對
比禿鷹長，耗時間還
是我們有優勢 !!

我們有帶上
後代來哦！
嘎
嘎
嘎

烏龍院
活寶

這下……
完蛋了……
啄
啄
啄

笨蛋!!
是……是大
師父的聲音!!

师父!!我在这里!!救…

傻徒弟，來得
正好！快來救
為師!!
嘎
嘎
SLAM
嘎
命……

第46話
潛伏寄生者

烏龍院
活寶

遠處有好多禿鷹!!

有禿鷹聚集的地方……
就有……腐屍!!!

沙克少爺！別出事呀！
大師兄——我來了！！

惡臭豆腐，十元一串。
臭

大師兄！
你不能死呀!!

讓我來救他!!

傳說中，沉睡的王子
要用公主的吻喚醒……

咦？突然沒事了！
眼睛也不瞎了呢！
醫學奇蹟！說話
都能救人呀!!!
POTOM!
YEAH

烏龍院
活寶

咳!
咳!
咳!
張總管，咳得好厲害呀！
還是去看看大夫吧！

哇！咳出血啦!!

哈哈……開玩笑啦，咳咳，只是番茄醬啦！
不能讓他們知道我有肺癆！

食物怪納命來!!
會吐番茄醬的怪物呀!!

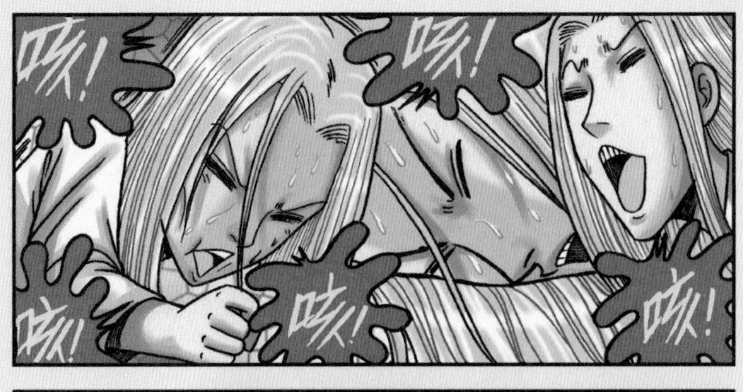
咳！
咳！
咳！
咳！
咳！

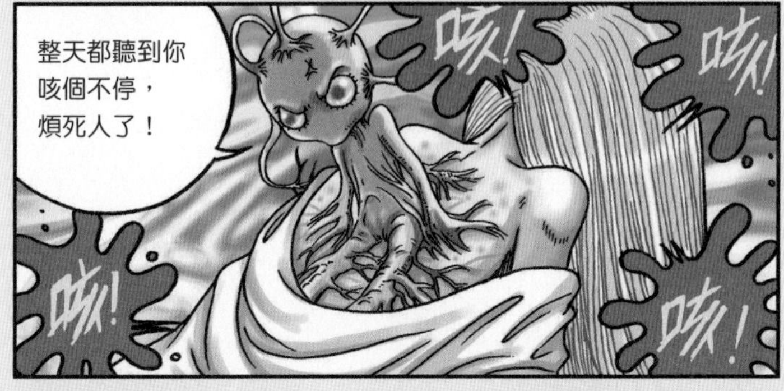
咳！
咳！
整天都聽到你
咳個不停，
煩死人了！
咳！
咳！

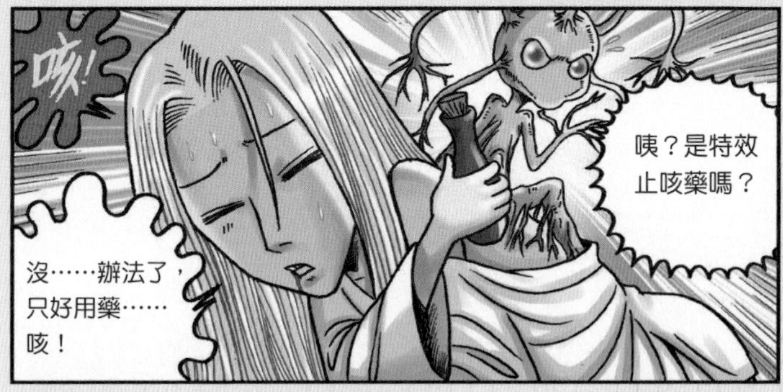
咳！
咦？是特效
止咳藥嗎？
沒……辦法了，
只好用藥……
咳！

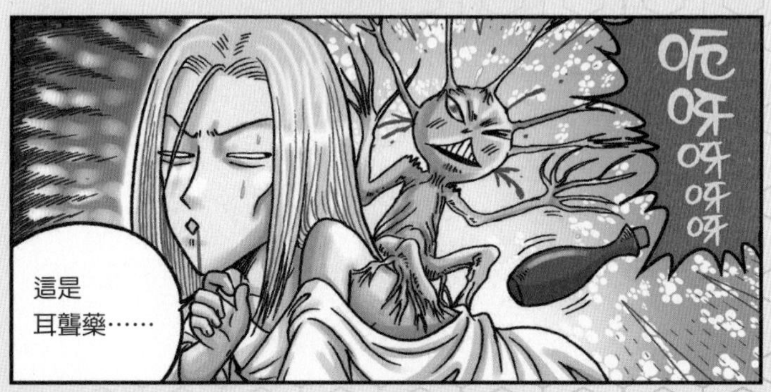
呃呵呵呵呵呵呵
這是
耳聾藥……

烏龍院
活寶

你還傷心
什麼……
咳咳……
咳～
咳
找到我做宿主，
能夠存活下來。

就是因為附在
你身上，所以才讓
我也染上肺癆！
咳！

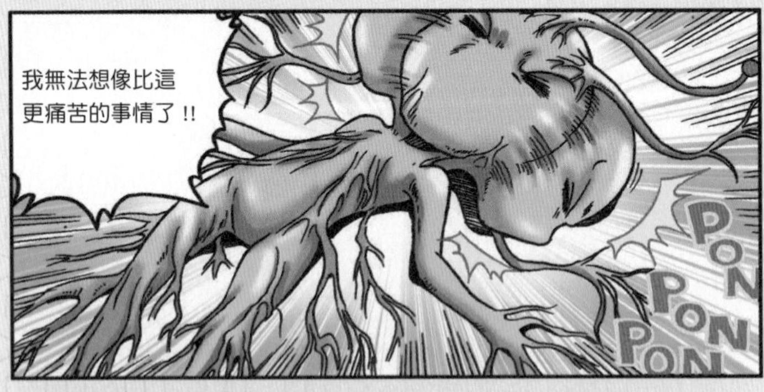
我無法想像比這
更痛苦的事情了!!
PON
PON
PON

最痛苦的是我命根子
被你感染得太誇張了。

要下山救「右」，
必須先找一個寄生
宿主 !!

喂，
能過來一下嗎？

運氣真好！
竟然有活人主動
找我呀。

我要自殺。
幫忙踢開我
腳下的木框，
剎住

烏龍院
活寶

去地獄谷的兩個人
帶回來了!!
咳!
咳!
快！帶我去
看看!!

传染病人
隔离中
我們不能
帶你去……
可……
可是……
咳!

我只是咳嗽
而已啦！
又來這套……

問題是我得了
豬流感……
传染病人
隔离中
我得了間歇性
非典型肺炎……
咳!咳!

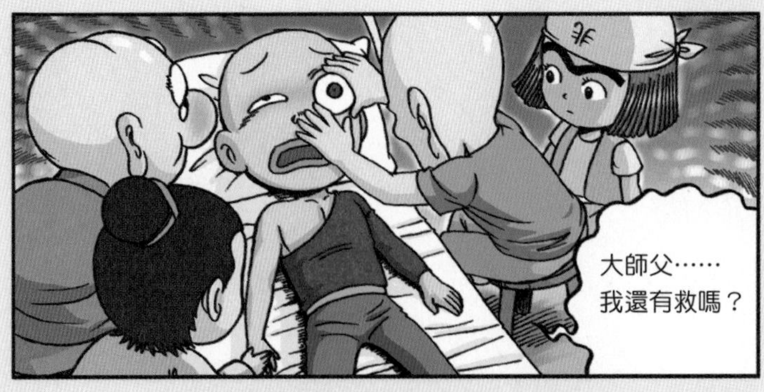
大師父……
我還有救嗎？

快！
給我準備
小狗、墨鏡
和竹桿!!

從來沒聽說過的方法？
大師父果然深藏不露!!
!!

沒救了，
先適應一下吧。
嗚嗚嗚
嗚嗚

烏龍院
活寶

情況
糟透了！
少爺的腿⋯⋯
還有救嗎？
必須立刻
進行手術。

你們等著，
我去拿鋸子!!
!

我找到
鋸子了。
用鋸子太殘忍了，
我已經很俐落的
砍掉少爺的腳了。

笨蛋！我是說藥箱
的鑰匙丟了，我找
鋸子開鎖而已啦!!
???

笨蛋！
你竟然把活寶
交給水觀音 !!!

大師兄眼睛都
瞎了，這麼做也
是沒辦法的 !!

而且她用的招數陰
險毒辣，讓人無法
招架！

你不是已經
瞎了嗎 ?!
她變成金枝
向我要活寶 !!

烏龍院
活寶

水觀音竟然
奪去地獄谷
聖物 ?!!!

太不给火将军面子了!!

我要親自教訓
教訓水觀音 !!

打打打打打打死
妳個妖婆。
PO
PO
PO
PO

辣婆婆氣急敗壞，中風啦！
呃！

快！迅速送往急救站!!

真是有效率！
「一點綠」應急系統完善，而且行動迅速!!

這個小夥子，奔出沙漠只需要三十天
去吧！
加油
漠外医館
60000KM

烏龍院
活寶

來吧！就用我的針灸術為愛徒醫治!!

喔
咿
好像沒有效果呀……

讓開！我來試試!!!
大師父親自出馬!!厲害!!

有些招數忘記了……
先針灸一下自己。
老年痴呆症。

烏龍針灸術！

啊！我可以
看到東西了！
我復明啦！

小 CASE ！
胖師父超厲害的！

變成超 Q 版啦！
但是你插錯
某條神經了，

烏龍院
活寶

阿亮是用力過猛才瞎的，我們嚇一嚇他，說不定能治好？

哇!!

我的雙眼真的好了！
被師父嚇過之後，竟然痊癒啦！

用力過猛，眼睛搞瞎了。
AAAAAA

烏龍院的人在做針灸術。
偷學他們的招式，來醫治沙克少爺。

主匯穴。
天靈穴。
還有前葉穴和振陽穴。

聽到他們插的位置了！
他們插哪哩，我們跟著做！
我插！
我插，我插！

明白嗎？剛才我說的那些穴位，千萬不能扎的……
嗯。

烏龍院
活寶

怎麼辦呀？
少爺沒有
絲毫反應。

我來幫
少爺塗……
乾脆把所有的藥
都用上吧！
咕滋
咕滋
咕滋…

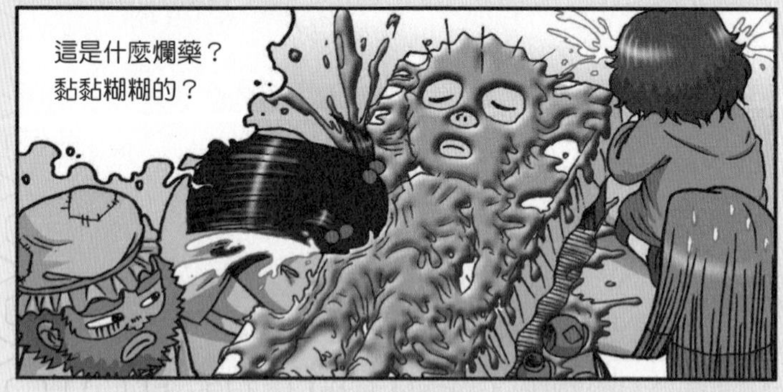
這是什麼爛藥？
黏黏糊糊的？

我的海底泥
面膜不見啦！
哎呀！
SHINE
SHINE
SHINE
奇怪

第46話 潛伏寄生者

少爺的腿就是被你弄斷的！
一定是被你害的！
不是我！
真的不是我。

就是你！
你們不能誣賴我呀。
就是你！
就是你！

讓你們看看鐵證吧！

烏龍院功夫的傷口，是有防偽標誌的！
呃
雪上加霜……
斷腿又多加一個胸疤！
敖

烏龍院
活寶

我能救活
沙克・陽。

她是活宝!!
抓住生吃了!!

別怕!!
我來救妳!!

潑一身糞，
看誰還吃！

他身受
重傷!!
只有我師父
可以救他!!

亮哥哥，
請你們師父
幫個忙吧！
若能救活
少爺，我們
感激不盡。

完全
没问题

只是大師
父也受了致
命傷……
妳們得先
救活他。
……

烏龍院
活寶

好吧！我答應施法救沙克‧陽。
太……
太感謝了!!

不過，我施法時不能有外人干擾……

阿亮，
可以動手了!!
是!!

笨蛋!!!!
我是叫你動手
請他們出去！

不准偷窺！看到
畫咒會暴斃的。
快清場，
我要開始
布陣了！

哼！神祕兮兮的，
我來偷窺一下……

馬臉臉色
突然大變！
她被嚇到
暴斃啦！

烏龍臉譜
死鬼陣!!

前方有水

第47話
殘存的殺機

烏龍院
活寶

呼
為什麼要救
沙克・陽？
呼
呼
呼

活寶只剩下最後
三天期限，就當
作最後心願吧！

小女生也懂得
捨己救人。
感人的哇!!!
超

把他救活跟
我結婚……
人家還是
黃花閨女。
羞
羞

讓我用真氣去救
沙克・陽吧！
接吻！
二十秒
三十秒
十秒

多耗了兩倍
真氣！好累……
艾飛！
非

你們少爺
被救活了！
少爺
沒事啦!!

AAAA
抱歉，
吹過頭了。

烏龍院
活寶

復活吧！
沙克・陽！

不好啦！
活寶流血了！
什麼？

一定是損耗太多
原力了！

重生後的
他太帥了!!

少爺潰爛的
雙腿痊癒了。
奇蹟呀！他們是
怎麼辦到的？

找些新皮膚移植
上去就行啦！

哪來的新皮膚？
？
？
？

咦？我的腳
沒事了？
媽呀！
是少爺的臉皮！

烏龍院
活寶

唉
唉
小師弟幹嘛
這麼憂鬱？

艾飛只剩
三天生命，
我能
開心嗎？

小師弟終於
長大了，
變得會關心
別人呢！

只剩下
三天了，
根本沒時間
追到她呀……

是水觀音 !!!

水觀音會御水之術！
快走！

膽小鬼
想跑去哪？

幫忙澆一下
花吧！
哗哗哗

烏龍院
活寶

快去休息室
叫師父！

等我師父來，
妳就慘了！

哈哈！這麼快
就叫來啦！

休息室
怎麼走？

你竟
然敢……
給我吃
假的活寶！
大師兄！
她要動手了，
怎麼辦？
咕
咕
咕
咕
咕
咕
咕
咕

放心，
她吃的是瀉藥，
一發作就會很慘 !!
帥呀！

咕
咕
咕
忍不
住啦 !!

噗啦
噗
哎呀！是我們
比較慘吧！

烏龍院
活寶

活寶藏在哪裡?!
快說!!

就在我的褲襠裡，
你敢拿就自己拿吧!!

活了幾百年，我有什麼不敢的！

慘!!
不是那條……
抓錯啦!!

活寶在這裡，
請笑納。

住手！
怎麼可以白白
送給她！
是！

太好啦！
終於保住活寶了！

開始喊價囉！
五萬元起跳！
要有生意
頭腦。
拍
SLAM

烏龍院
活寶

啊！透過去啦，
打不到！

我的水柔大法
是無敵的！
可惡！

你受死吧！

哦……
把我的心都
給融化了。
悶騷老狐臭！
熱量攻擊！

快將活寶吞下！
別讓水觀音得到！
!?
哶哶

好難吃……
住口!!!

傻徒弟這次立大功了!!
這回老妖婆拿不到活寶啦！

買一送一不錯哦。
狠！

烏龍院
活寶

危險 !!

把活寶
吞下去 !!
這樣水觀音
就拿不到了 !!

NO!!

噎到!!
有夠笨的！

救人命!!

鬼官追魂扇!!

CUT!
百發百中!!

百發有九十九發都是殺人的吧……
近視又加深了。
POTOM

烏龍院
活寶

咚!!
張

喲！這個張總管是
個深藏不露的人呀！
張

這有什麼
深藏不露的，
玩扇子這種三腳
貓功夫誰不會?!
張

不錯嘛，竟然
知道我深藏不露
的真身!!
電玩版的
活寶!!

其實活寶並
不只有一個！
?!

長得帥不等於
可以亂說話哦！
無憑無據！
你怎麼知道
不只一個 ?!

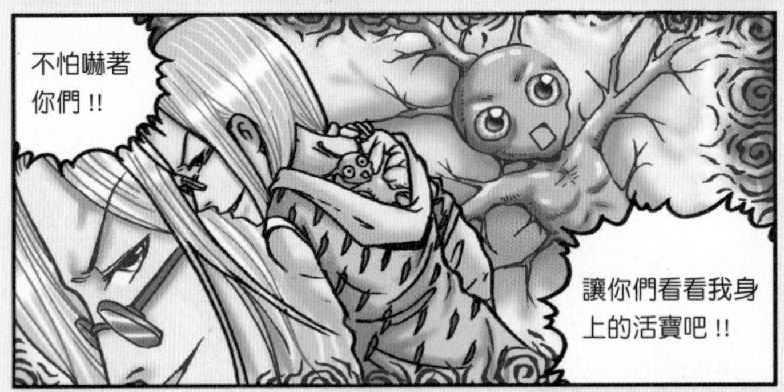
不怕嚇著
你們 !!
讓你們看看我身
上的活寶吧 !!

只不過是現在
流行的活寶紋
身嘛……
人家有
兩個啦！

烏龍院
活寶
非

識相的就趕快
住手吧。

咳
咳
我要找的是
活寶！沒你這個
肺癆鬼的事 !!

哼！活寶「右」的事，
就是我「左」的事。
咳！

EEK
你幫她把這筆
債還了吧！
太好了 !!

哇咔 !! 大師兄的
胸部變大了 !!

他吞下的活寶是
陰性的，很快會
變成女生。
OH~

大師兄……
不，大師姐
別傷心……
我跟師父們
會想辦法把你
變回男的。
我……
我……

終於可以光明正大
的進女生澡堂了 !!
女

烏龍院
活寶

用瀉藥強迫
拉出活寶吧
哇！

只是
人家覺得
這個
方法
很丟人呀……

好吧！只好用
第二方案了
呼——還好
逃過一劫了

用烏龍催吐丸
把活寶吐出來吧
哇

就讓「左」的力量
來消滅妳吧!!

放馬過來!!
誰怕誰呀?!

咳!
咳!
哈哈哈哈哈!
就你這個肺癆鬼
也想消滅我嗎?
哈哈哈……
咳!

咳!
「左」的力量
就是傳播肺癆
病毒呀!
咳
咳
咳呃

烏龍院
活寶

讓你嘗嘗我
水觀音的
最後一擊吧 !!

!!

死吧!!

讚！
水觀音洗白劑，
就是讓你乾淨！
不是廣告啦 !!

嘗嘗活寶枯手
的厲害 !!

看來「左」要
使出必殺技了 !!
枯手來頭不小呀！
好像是很厲害
的招數呀！

终极！
人间蒸发

鑽木取火把
妳蒸發掉 !!
EEEEEK!!
钻
钻
钻钻
钻钻

烏龍院
活寶
非

大師父小心!!
HWALA

KWAZA!!
!!

破浪三人組!

SUNSHINE～

第48話 戀情左與右

烏龍院
活寶

肚子已經脹得
不行了……
那是三十倍瀉藥
的驚人威力 !!

躲到樹後，
比較安全 !!!

BOOOOOM
!
MOON

拉出來
就好了!!
吃了瀉藥，
肚子開始
脹大了！

POWZA
忍不住
啦!!

拉出來後
肚子不脹了，
身材也剛好跟
以前一樣呀！

只是稍微
扁了點……
EEEEK
SLAM.
SLAM

烏龍院
活寶

快點
急救！
不好了……
大師兄瀉到
脫水了!!

應該要立刻給他
補充水分！

可是我們在沙漠，
一時半刻找不到
水呀……
!

將就
一下囉！
EEEEEK
呸!
太不衛生啦！
呸!

POWAR

大師兄把活寶
拉出來了!!

快去找活寶！
先到先得！

垃圾山?!
POW
POW
垃圾食物
吃太多了……

烏龍院
活寶

終於得到
活寶「右」
的肢體了！

我一定要
好好珍惜！

拚了半天，竟然
被他拿到了。
有點不甘
心呀……
難道他想
吃了？

撓癢癢
特方便呀。

右！
終於見到妳啦！

經歷千年的分離，終於又重逢了！
好感人……

一定有很多話要說吧……
嗯

還記得一千年前我讓你殺雞拔毛嗎？為什這麼小的事情你都不願意幫一下我？沒看到我正在剝蒜皮嗎？家事不是說好了兩個人一起分擔的嗎？每次都這樣！
還有明明說好聖誕節咱們要去看電影，你卻因為加班沒有陪人家。你知道要一個女孩子在電影院苦等一個小時，是多麼淒涼嗎？還害人家感冒了，你都不關心一下。
真夠雞毛蒜皮的……

烏龍院
活寶

一千年不見，
我很想念妳呀！

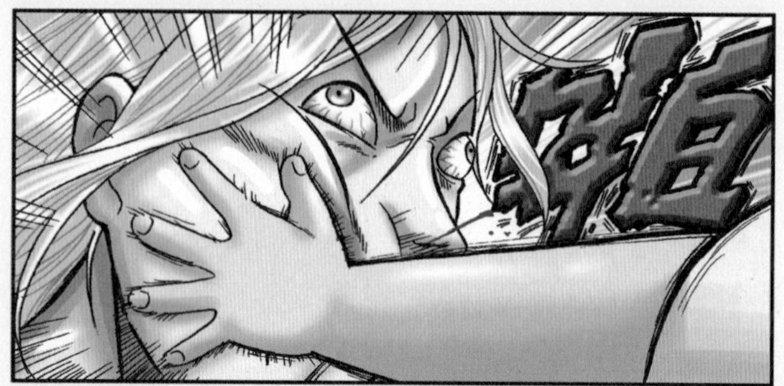
啪

見面就
一個耳光？
兩人之間一定
隱藏著一段不可
告人的祕密。

討厭！人家光顧
著看妳了嘛！
真是的！蚊子
咬都不知道！

分別千年
再相逢！
會說些
什麼話呢？

!!

真是
煞風景!!
你除了咳，
就不會說點
其他嗎？

土包子！
咱這是活寶語！
咳咳！
（別管他們，我們
繼續說）

烏龍院
活寶

嘀咕
嘀咕
嘀咕
嘀咕
嘿嘿，聽一下他們都說些什麼……

你們真夠八卦的!!

真是掃興呀……
還是長眉一點也不八卦呀！

右！妳還在恨我嗎？滋滋滋。
裝竊聽器!!

看來，
妳依然在恨我……

沒有呀！
怎麼會呢？

我很高興
妳這麼回答，
但是……

妳先從坦克上
下來再說呀!!

烏龍院
活寶

你不是早就已經
拋棄我了嗎？
為什麼現在又出現？

不是……
那樣的！
咳
咳
咳

咳！
咳！
看你現在這個
樣子，我就姑且
聽聽你找我的
理由吧。

把我送妳的
定情鑽戒
還我吧。
嘎
呼
呼

在我最絕望和
無助的時候，
你在哪？
左!

快說，
當時你在哪裡？

當時的我也是
身不由己呀!!

不要讓這位
肺癆病人
跑掉了!!

烏龍院
活寶

我一直在盡全力找
妳呀！從沒放棄過。
右！

找了一千年
也找不到，
誰信呀?!

妳可知道為了
找妳，我去遍
了全世界呀！
日本
天竺
歐洲
阿拉伯

最後回來中國
才把妳找到呀……
100T
你白癡呀!!

咳
咳
咳
男人在面對內心
感情之際，往往會
緊張而笨拙。

大師父
超內行的！
肯定常常
向女人咳嗽。
嘻嘻
嘻嘻

胡說，
為師怎麼會在
女人面前咳嗽！

他只會狂噴
鼻血而已！
噗
滋

烏龍院
活寶

哼！
噢……為了這句
「對不起」，等了
一千年呢。
對不起……

男人都難免
犯點錯嘛。
而且他也說了
「對不起」，
活寶妳就
原諒他吧！

好吧！
我可以原諒右！
YAHOO

先賠償精
神損失費！
一千萬。
咳呕呕
咳呕
噗
啦

我……
我只想
對妳說……
哼！

咳！
咳！
咳！
咳咳

咳！咳！咳！
看你咳得線條
都變了！
有話快說啦！

我愛你

烏龍院
活寶

當時我急於找妳，
便附身到這肺癆書生身上，苟延殘喘到今天……

咳！
那為什麼非找個肺癆的附身呀！

我真的很感動！
咳
咳
左，我明白你是當時心裡只有我，而導致一時糊塗吧？

當時在霍亂疫區，
咳！
只有他還勉強能站起來了……
咳！
咳！

一切都
太遲了，
我只剩下兩天
的時間了……

我有獨門祕訣可
延長兩年時間 !!
!!

這麼說……
我們還是
有希望的！
嗯！

找一個肺癆的人
附身，妳就會
度日如年了！
咳咳咳咳！
咳咳
咳咳！

烏龍院
活寶

剩下兩天
時間，
我活寶
就要死去。

我們都會陪妳
最後一程的 !!

特別新聞報導！
特大號隕石將在
兩天後正面撞擊
地球，請大家做好
死的心理準備 !!
隕
WULOOM
NEWS

嗚嗚嗚哇哇嗚哇
哇嗚哇嗚
別哭，我會
陪大家最後
一程的。

大限將至……
已經沒有
辦法了……

有辦法啦!!
妳可以再找
一個人轉移
附身呀！

啪!!

哪還有人
附身呀!!
笨蛋！說這麼大聲，
連作者都嚇跑了！
再見！

烏龍院
活寶

脫離艾飛，
再找新的附身 !!
這是個
好主意呀 !!
啦啦啦

但是——
我去哪裡找第二個
附——身？

這些女生我很
熟——拜託她
們沒問題——
噢！

不要了，你這個
花心大蘿蔔 !!
悲劇呀——

我……
我只是
想說……

Oh ——
閉嘴啦！
沒聽懂嗎？

被女生吼
一下就腳
軟了？
窩囊！真是給
我們男人丟臉！
一點男性威嚴都
沒有！活寶是母
系社會嗎?!

哼！
哎呀！金枝妳怎麼
突然出現都不告訴
我一下呀？
大師兄，
金枝姐來了!!

烏龍院
活寶

多少人因爭奪活寶
而喪命呀！
我們的存在本身
就是「死神」。

不！錯的是人類無
窮的貪念，即使我
們不存在，人類也
會爭奪別的東西。

可是除了
活寶，
又有何物能使人
長生不老呢？

唐僧吧！
阿彌陀佛——
我的！
唐僧肉
是我的！

時報漫畫叢書FTL0877

烏龍院活寶Q版四格漫畫 第6卷

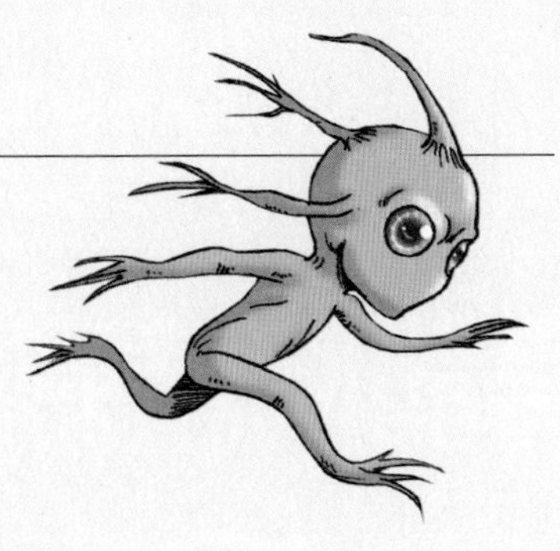

作　　者—敖幼祥
主　　編—陳信宏
責任編輯—尹蘊雯
責任企畫—曾俊凱
美術設計—亞樂設計

發 行 人—趙政岷
編輯顧問—李采洪
贊助單位—文化部

出 版 者—時報文化出版企業股份有限公司
10803臺北市和平西路3段240號3樓
發行專線—（02）2306-6842
讀者服務專線—0800-231-705・（02）2304-7103
讀者服務傳真—（02）2304-6858
郵撥—19344724 時報文化出版公司
信箱—臺北郵政79～99信箱
時報悅讀網—http://www.readingtimes.com.tw
電子郵件信箱—newlife@readingtimes.com.tw
時報出版愛讀者粉絲團—http://www.facebook.com/readingtimes.2
法律顧問—理律法律事務所　陳長文律師、李念祖律師
印　　刷—和楹印刷有限公司
初版一刷—2019年3月22日
定　　價—新臺幣280元
（缺頁或破損的書，請寄回更換）

時報文化出版公司成立於1975年，1999年股票上櫃公開發行，
2008年脫離中時集團非屬旺中，以「尊重智慧與創意的文化事業」為信念。

烏龍院活寶Q版四格漫畫 / 敖幼祥作
ISBN 978-957-13-7680-6　(第1卷 : 平裝)　NT$: 280
ISBN 978-957-13-7681-3　(第2卷 : 平裝)　NT$: 280
ISBN 978-957-13-7682-0　(第3卷 : 平裝)　NT$: 280
ISBN 978-957-13-7683-7　(第4卷 : 平裝)　NT$: 280
ISBN 978-957-13-7684-4　(第5卷 : 平裝)　NT$: 280
ISBN 978-957-13-7685-1　(第6卷 : 平裝)　NT$: 280

烏龍院活寶Q版四格漫畫(第1-6卷套書) / 敖幼祥作
ISBN 978-957-13-7686-8　(全套 : 平裝)　NT$: 1680